创意涂鸦系列书

会动的书

德国创意涂鸦小组 著/绘

詹湛 译

百花洲文艺出版社
BAIHUAZHOU LITERATURE AND ART PRESS

咔嚓，咔嚓！究竟是谁想从这两个蛋里破壳而出呢？轻轻地敲开蛋壳吧，这样就可以把里面的家伙找出来啦！

做得太棒了！

　　你看到了吧，大蛋里的是一个大大的 怪兽啵啵，小蛋里的是一个小小的妖精贝尔特，它们现在都从蛋里跑出来啦！那么这两个朋友接下来会做些什么呢？

哈哈，瞧瞧！ 这个大怪兽啵啵在唱它的情歌呢！它唱得那么响，你也跟着它一块儿唱吧！

可是，这个戴着爵士帽的小妖精贝尔特看起来有点被吓坏了。它要逃到哪里去呢？

啊，一切突然变得非常安静。脚下的大地竟然开始移动起来了！现在，请你将这本书放在你的脑袋上旋转半个圆圈，然后按照黄色箭头的指示翻到下一页吧！

哈，幸好，它得救啦！飞翔真是一件非常快乐的事情！哇，这顶黑色的小爵士帽究竟会飞到哪里去呢？现在，将书再旋转半个圆圈，然后按照黄色箭头翻到下一页吧。

嗨！这是刺猬豪克。它真是**太大**了！你觉得它的那些刺是不是非常扎人呢？你想知道的话，就小心地摸摸它吧。

哦，天啊！

它可能是有些害怕了，所以缩成了一个大球！把书向右倾斜一下吧。

唔……它究竟会滚到哪里去呢？让我们跟着去瞧瞧。

啊！它现在找到了一个很舒服的地方，可以休息一下啦！不过，这些青蛙看起来有一些无聊。现在，向它们呱呱地叫几声吧，这样一来……

……它们又有精神啦！**做得太棒了！** 现在，亲吻一下那只最大的青蛙吧！对，就在它那张红红的大嘴唇上！赶紧，赶紧，不要怕嘛！

真是不可思议！
· · · · · ·

你竟然把这只青蛙变成了一个帅帅的王子！现在，你还想要亲吻他吗？试试看！他会对你的这个吻有什么反应呢？

太糟了！

这个王子竟然变成一个⋯⋯
不过，
这是一个可爱的大魔鬼，
你千万不要怕。
他现在很烦恼，
因为他的背上特别痒。
你能用手帮他挠挠痒吗？对，一
只手伸到他的背上，另一只手
去把书翻到下一页吧。

哇，不挠不要紧，一挠就……不得了！一大群跳蚤竟然从魔鬼身上的长毛里跳了出来。因为它们是从魔鬼身上跳下来的，所以自然觉得外面的世界有点太无聊了。那么现在，请你为它们唱一支歌吧。

太棒了！看，它们跳起了"跳蚤华尔兹"！哟，其中有一对情侣非常想出门去走走，散散步。你知道外面的天气怎么样吗？请你把右侧的那一页放在阳光下照射，然后从窗户眺望一下吧。

哦，看起来像是要下雨了。请把这些云朵推到右边去。

太完美了！

现在，从云里落下的雨滴已经装满了这个"雨水圆桶"。你知道这根红色的水管会通到哪里去吗？

哇，原来这是
一个**老鼠迷宫**！

这趟旅程最终通向哪里吗？

赫尔嘉号

小熊保罗正在大海上航行。请将这本书左右晃动，制造出波浪翻滚的海面吧！

做得太棒了！你 "造浪" 成功了！小熊保罗终于成功地玩起了冲浪！现在，请把书摇晃得更加**剧烈**一些吧！

赫尔嘉号

哇，好大的一个浪！小熊保罗一下子被掀到了岸上，每一根毛都变得湿漉漉的了。现在，请你用袖子帮它擦干毛发吧。

赫尔嘉号

谢谢你的 **好心帮助**！现在，小熊保罗浑身上下已经非常干爽了，还有一团一团的小卷毛呢！不过它的肚子真是有点饿了。咦，那是什么？可口的生梨啊！现在，你应该把这一页放到太阳或者一盏台灯下面！

做得很好！

现在所有的梨子都熟透了。

农夫贝恩德看见这样的大丰收，

心里可高兴啦！

你可以使出自己浑身的力气，

来 **摇晃** 这本书，

帮他把梨子都摇下来吧！

果然，梨子都落了下来。可是，好像有点 太多 了。

农夫贝恩德 **心满意足**，可他怎么也抱不动篮子。现在，请你用拳头来打烂这些梨子，你能想到它们会变成什么吗？

一点儿也不错！ 这就是美味可口的梨子酱哟！我们可以用它做出好吃的蛋糕。只是，我们的烤箱到哪里去了？

啊，原来烤箱在这里。现在，等到蛋糕出炉还
需要一点点时间。你从一数到十吧，然后就可以继续翻页了。

糟糕，烘烤时间太长了！

蛋糕还有救吗？快使劲吹气，越用力越好，看看还能不能挽救。

太幸运了！ 蛋糕做得还是蛮成功的嘛，看起来香甜可口，干得不错！不过，如果自己一个人享用的话，未免少了点乐趣吧。

这个嘛，不难解决，在电话机上拨号码吧：

7 5 3 8 4。

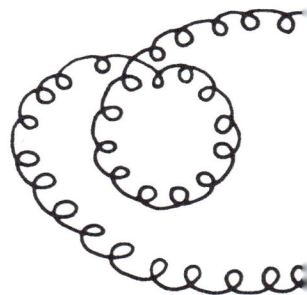

"叽里咕噜？这是火星语啊！"什么？你竟然打到火星上去了？火星人马辛莫托非常恼火，因为你打断了他的羽毛球比赛！好好的一场比赛，就这样被你的电话给弄糟了。现在赶紧用火星语安慰他吧。

你的火星语说得真不错！马辛莫托安静了下来，然后满意地睡着了。你知道他梦见了什么吗？

这真是一个奇怪的梦啊……

火箭顶上的那台电话机究竟是派什么用处的呢？还有，为什么大嘴格雷戈会得到这些黄灿灿的"火星饼干"呢？

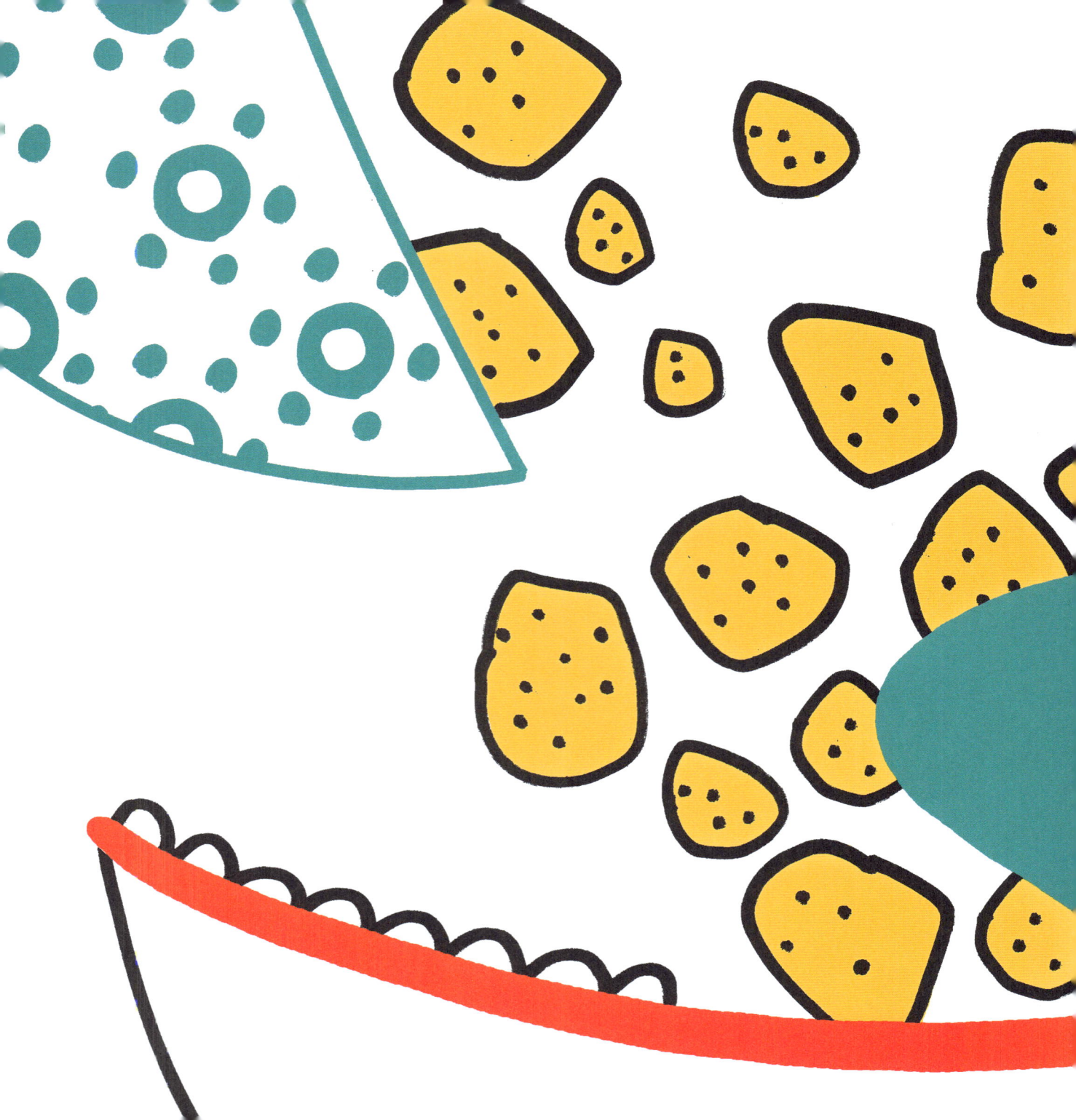

原来如此！

大嘴格雷戈的肚子饿了。它想吃一些美味的"火星饼干"。最好的办法就是，将一整碗的饼干都倒进它的大嘴巴里。试着把书向右倾斜吧！

嗯！味道太棒了！现在格雷戈的大嘴巴里，塞满了黄灿灿的"火星饼干"。接下来要做的事情，就是使劲地嚼它们。您可以把书的左右两边动抓牢了，然后使劲地把它们开合五次。对，一共五次！

游乐场

哦，做得不错，只是从嘴巴旁边漏掉了一些碎屑，落到了地上，真是一片狼藉啊！

雄猫卡尔默默地走过，觉得这样的场面一点也不优美。它觉得，还是早点离开为妙。跟着它吧！

瞧！卡尔找到了好朋友内勒和弗朗茨，他们三个想去游乐场玩。不过，你能为他们指出正确的路线吗？

用手指为他们带路吧，然后翻
到下一页。

太妙了，

他们三个已经到啦！
可是，这个游乐场里的
旋转木马是静止的，
没法真正旋转起来。
现在，把书摊开平放在
桌上或者地上，
然后将它**旋转**起来！

停！快停！内勒和弗朗茨已经晕得快不行了。咦，雄猫卡尔又是怎么回事呢？现在将书翻到下一页，看看到底发生了什么？

哈哈，原来如此，那么多 爱心 是从这里飞出来的！这两个小家伙已经坠入了爱河。它们既想接吻，又有点害羞呢！你看得出来吗？

你能不能帮个忙，把角落墙壁
上的开关按一下呢？

哇，一片**漆黑**！你现在有一点小小的好奇，对不？

那么就干脆再把电灯开关打开吧！

噢，原来，这两个沉浸在爱河中的小家伙已经偷偷地**溜走了**。

但是，那是什么呢？哦，书的右页立着一个<u>大大的蛋</u>……旁边还有一个<u>小小的</u>！

你能给它们点温暖吗？ 然后翻到书的第一页，看看会发生什么事！

图书在版编目（CIP）数据

会动的书 / 德国创意涂鸦小组著绘；詹湛译.
--南昌：百花洲文艺出版社, 2015.8
（创意涂鸦系列书）
ISBN 978-7-5500-1456-5

Ⅰ.①会… Ⅱ.①德… ②詹… Ⅲ.①故事课－学前
教育－教学参考资料 Ⅳ.①G613.3

中国版本图书馆CIP数据核字(2015)第167216号

Title: Das bewegte Buch
Illustrated by Die Krickelkrakels
Copyright © Verlag Friedrich Oetinger GmbH, Hamburg 2011
Chinese language edition arranged through HERCULES Business & Culture GmbH, Germany
江西省版权局著作权合同登记号：14-2015-0170

会动的书
德国创意涂鸦小组 著/绘　詹湛 译

出 版 人　姚雪雪
责任编辑　王丰林　郝玮刚
特约策划　尚 飞 杨 芹
封面设计　李 佳
出版发行　百花洲文艺出版社
社　　址　南昌市红谷滩新区世贸路898 号博能中心A 座9 楼
邮　　编　330038
经　　销　全国新华书店
印　　刷　利丰雅高印刷（深圳）有限公司
开　　本　889mm×900mm 1/16
印　　张　5
版　　次　2016 年1月第1 版第1 次印刷
字　　数　32千字
书　　号　ISBN 978-7-5500-1456-5
定　　价　39.00元

赣版权登字：05-2015-296